Camille a fait un cauchemar

Il fait noir, tout noir dans la chambre et Camille se réveille,
soudain, le cœur battant, serrant Nounours tout contre elle.

Il fait noir, tout noir et il n'y a pas un bruit, rien.
Juste la respiration de Camille, rapide, et, si elle écoute bien,
celle de Nounours aussi.
—Maman! Papa! J'ai peur! s'écrie-t-elle en pleurant.
Maman! Papa!

–Bon, on allume la petite lumière...
–Et puis celle du couloir.
–Bon, d'accord, et on laisse ta porte ouverte.
–Et puis la vôtre aussi.
–Bon, d'accord... Maintenant, un bisou et on dort !

Un câlin, un bisou... la petite lumière allumée.
Camille soupire de soulagement.
—Tu sais, maman, j'ai une idée. Je vais faire comme
Nounours, je vais dormir les yeux ouverts pour pas qu'il fasse noir.

Imprimé en Belgique